La gallinita roja

Ilustrado por Lucinda McQueen

Traducido por Elva R. López

SCHOLASTIC
New York • Toronto • London • Auckland • Sydney

Original title: *The Little Red Hen*

No part of this publication may be reproduced in whole or in part, or stored
in a retrieval system, or transmitted in any form or by any means, electronic, mechanical,
photocopying, recording, or otherwise, without written permission of the publisher.
For information regarding permission, write to
Scholastic Inc., 555 Broadway, New York, NY 10012.

ISBN 0-590-44927-3

30 29 28   5/0

Printed in the U.S.A.   23

First Scholastic printing, October 1989

Había una vez
una gallinita roja
que vivía en una casita con
una gansa, una gata y un perro.

4

La gansa era una chismosa.
Conversaba con los vecinos
todo el día.

La gata era muy vanidosa.

Se cepillaba el pelo,

se enderezaba los bigotes,

y se pulía las garras
todo el día.

El perro siempre tenía sueño.

Se echaba en el columpio del porche,
y dormía la siesta todo el día.

La gallinita roja hacía todos los quehaceres de la casa.

Cocinaba.
Limpiaba.

Lavaba la ropa,

y sacaba la basura.

Cortaba el césped
y recogía las hojas.

También hacía toda la compra.

Una mañana cuando iba para el mercado,
la gallinita roja encontró
unos cuantos granos de trigo.
Los guardó en el bolsillo de su delantal.

Cuando llegó a su casa
les preguntó a sus amigos:
—¿Quién quiere sembrar
estos granos de trigo?

—Yo no —dijo la gansa.

—Yo no —dijo la gata.

—Yo no —dijo el perro.

–Entonces, los sembraré yo misma
–dijo la gallinita roja.

Y los sembró.

Cuando los granos de trigo comenzaron a brotar,
la gallinita roja pregonó:
—¡Miren, el trigo que sembré está creciendo!
¿Quién me va ayudar a cuidar el trigo este verano?

—Yo no —dijo la gansa.
—Yo no —dijo la gata.
—Yo no —dijo el perro.

–Entonces, lo cuidaré yo misma
–dijo la gallinita roja.
Y así fue.
Todo el verano ella cuidó el trigo.
Se aseguró de que tuviese suficiente agua,
y arrancó las malas hierbas
que crecían entre las hileras.
Al final del verano el trigo había crecido.

Y cuando cambió su color de verde a dorado,
ella les preguntó a sus amigos:
–¿Quién quiere ayudarme a cortar
y a desgranar el trigo?

–Yo no –dijo la gansa.
–Yo no –dijo la gata.
–Yo no –dijo el perro.

–Entonces, lo cortaré y lo desgranaré yo misma –dijo la gallinita roja.

Y así lo hizo.

Cuando el trigo estuvo cortado y desgranado,

la gallinita roja tomó el trigo,
lo puso en una carretilla y dijo:
–Este trigo hay que molerlo.
¿Quién me ayudará a llevarlo al molino?

–Yo no –dijo la gansa.
–Yo no –dijo la gata.
–Yo no –dijo el perro.

—Entonces, lo llevaré
yo misma —dijo
la gallinita roja.

Y así lo hizo.

El molinero molió el trigo,
lo puso en una bolsa,
y se lo entregó a la gallinita roja.

Entonces, ella sola empujó la carretilla
hasta la casa.

Algunos días más tarde,
una fresca mañana de otoño,
la gallinita roja se despertó muy temprano y dijo:

–Hoy es un día perfecto para hacer pan.
¿Quién quiere ayudarme a hornear una hogaza
de pan con la harina que traje del molino?

–Yo no –dijo la gansa.

–Yo no –dijo la gata.

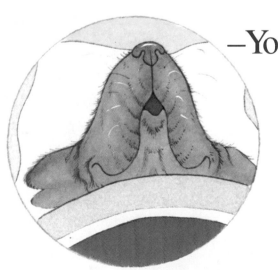

–Yo no –dijo el perro.

—Entonces, yo misma haré
el pan —dijo la gallinita roja.

Y así lo hizo.

Mezcló la harina con leche,
huevos, mantequilla y sal.

Amasó la mezcla,

le dio forma y la colocó en el molde.

Entonces, puso la hogaza
en el horno y la cuidó
hasta que estuvo lista.

Pronto, el aire se impregnó
con el olor del pan recién horneado.

Olía tan delicioso
que la gansa dejó de charlar…
la gata dejó de cepillarse…

...y el perro dejó de dormir la siesta.

Uno por uno todos entraron en la cocina.
Cuando la gallinita roja sacó
el pan recién horneado dijo:

–¿Quién quiere ayudarme a comer el pan?

–¡Yo! –dijo la gansa.
–¡Y yo! –dijo la gata.
–¡Y yo! –dijo el perro.

–¡Qué bien! –dijo la gallinita roja.

–¿Quién sembró el trigo y lo cuidó?

Yo.

–¿Quién cortó el trigo?
¿Quién lo desgranó y lo llevó al molino?

Yo.

—¿Quién trajo la harina a la casa
y horneó la hogaza de pan?

Yo.

Yo lo hice todo.
Ahora, me lo voy a comer yo sola.

Y así lo hizo.